12/09 .

D

¡Adiós, Óscar

Una
fábula de
mariposas
de
Peter
Elwell

SCHOLASTIC INC.

NEW YORK TORONTO LONDON AUCKLAND SYDNEY

MEXICO CITY NEW DELHI HONG KONG BUENOS AIRES

Originally published in English as *Adios Oscar!*

ISBN-13: 978-0-545-09344-6 / ISBN-10: 0-545-09344-9

12 11 10 9 8 7 6 5 4 3 2 1   9 10 11 12 13/0

Printed in Singapore   46
First Spanish printing, July 2009

This display type was set in Las Vegas Castaway and Printhouse Regular.
The text type was set in Adobe Caslon Pro.
The art was created using watercolor and ink.
Edited by Dianne Hess
Book design by Marijka Kostiw

Muchas gracias a James K. Adams, Ph.D.,
Profesor de Biología, School of
Natural Sciences and Mathematics,
Dalton State College, por su agudeza y asistencia.

Buenas noches, Sra. Ard,

dondequiera que esté.

–P.E.

Había una vez una casa...

En la ventana de esta casa, había una flor en una maceta.

En una hoja de esta flor, había una pequeña oruga. Y si

alguien le preguntaba cómo se llamaba, la oruga respondía:

Eso fue lo que dijo cuando una mariposa llegó volando, aterrizó en su flor y le preguntó cómo se llamaba.

—Encantado de conocerte, Óscar —dijo la mariposa—. Yo me llamo Bob. ¡Vine volando desde Detroit y mis alas están muy cansadas! Pero déjame preguntarte algo, ¿sabes cómo se llega a México?

—No, pero me gustan mucho tus alas —dijo Óscar.

—Gracias —dijo Bob—. Un día, tú tendrás tus propias alas.

—¿De verdad? —dijo Óscar.

—Te lo aseguro —dijo Bob. Y entonces, se alejó con la brisa fresca y gritó—: ¡Si alguna vez vas a México, búscame!

Óscar se arrastró tan rápido como pudo
para contarles a las otras orugas que le
saldrían alas y que volaría muy lejos, igual
que la mariposa Bob.

—Nadie escucha a las mariposas
—respingó Squirmy—. Lo inventan todo.

—¡Cualquiera que tenga esas alas inmensas
tiene que estar loco! —se burló Wiggly.

—¡Y cualquiera que les crea está
chiflado! —se rió Nibbles.

—¡Mírenme! —cantaron al tiempo las tres orugas con un tono muy desagradable—. ¡Soy Óscar, el fabuloso loco volador!

—Están comenzando a sacarme de quicio —gruñó Óscar.

—Es porque somos chinches —dijeron riendo ellos—. Y nos encanta chinchar.

Luego, vieron a una mariquita pasar y se fueron detrás de ella para burlarse de sus manchas, sacarla de quicio y así recalcar lo dicho.

—No los escuches, son unos cabezaduras —dijo una vocecita. Se trataba de Edna, una polilla de biblioteca, que se asomaba tímidamente desde detrás de la maceta.

—Pero puede que tengan razón —dijo Óscar.

—Y puede que se equivoquen —sugirió Edna—. ¿Quieres averiguarlo?

Edna miró hacia un lado y hacia el otro y movió la cabeza para que Óscar la siguiera. Se arrastraron alejándose del alféizar, subieron a la biblioteca y se detuvieron frente a un viejo libro de tapa de cuero con adornos dorados.

—No se puede juzgar un libro por su tapa —dijo Edna mientras

abría una pequeña compuerta que había en la parte baja del lomo.

¡La puerta conducía a una gran biblioteca! Óscar

vio que había montones de chinches, libros y polillas

de biblioteca leyendo.

—¡Increíble! —dijo Óscar.

—¡Silencio! —dijeron las polillas de biblioteca.

—No te preocupes —dijo Edna—, les encanta

hacer eso.

Óscar y Edna encontraron muchos libros en los que decía que a las orugas sí les salen alas y se convierten en mariposas, y que ¡las mariposas como Bob sí viajan hasta México! Ninguno de los libros decía que Bob estaba loco. Decían que tenía razón.

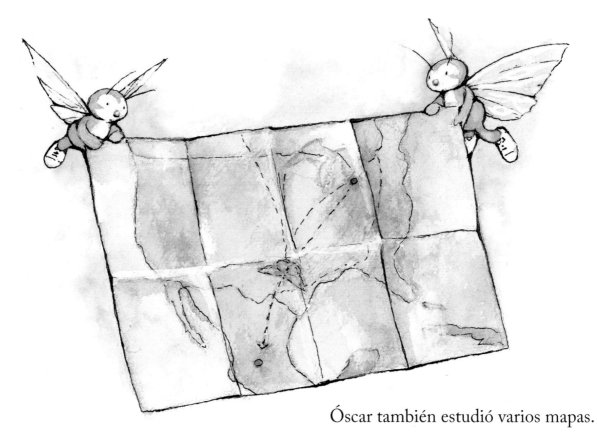

Óscar también estudió varios mapas. México estaba a miles de millas de distancia, y eso es muy lejos para alguien que no ha tenido más mundo que una maceta. Daba un poco de miedo, pero cuanto más averiguaba Óscar acerca de todos los lugares que podía ver y los diferentes tipos de chinches que podía conocer, más quería volar por el cielo.

Óscar averiguó luego que en México se habla español. Entonces pensó que debería aprender ese idioma.

Aprendió a decir hola.

Aprendió a decir adiós.

Aprendió a presentarse para que los demás supieran quién era el que decía hola y adiós.

—¿Crees que me reconocerán cuando sea mariposa? —dijo Óscar.

—Por supuesto —dijo Edna—. Sea lo que seas, siempre serás Óscar.

Muy pronto, llegó la hora de que Óscar dijera adiós y tomara la larga siesta que toman las orugas. Dormiría y, al despertarse, tendría alas.

—Pero antes de eso, debes aprender algo más —dijo Edna, y aprendieron a decir buenas noches.

Óscar se durmió y soñó con unas montañas lejanas muy azules y con todos los amigos que haría cuando volara con el viento, desde Cleveland hasta México. Durmió. Y durmió. Y durmió un poco más…

Hasta que llegó la hora de despertarse. Mientras bostezaba y se movía para salir del capullo, sintió que algo más se movía en su espalda. ¡Alas! ¡Tenía alas!

Pero había algo raro. También tenía mucho apetito, ¡y no entendía por qué tenía ganas de comer medias!

—¡Oye, Óscar! —lo llamó Nibbles desde el ropero—. ¡Prueba un poco de suéter a la última moda! ¡Está delicioso!

—¡Míranos! —dijo Wiggly—. ¡Estamos volando alrededor de un foco porque sí!

—¡Bravo! —añadió Squirmy.

Óscar resistió las ganas de acompañarlos alrededor del foco y voló
hacia un espejo.

—¡Ay, no! —dijo—. Alguien cometió un error. No soy una mariposa.
¡Soy una polilla!

Óscar nunca podría volar con el viento. Nunca iría a México. Pasaría
el resto de su vida volando alrededor de un foco o sentado en un cajón
comiendo medias viejas.

Óscar intentó sacarle provecho a la situación. Volar era mucho mejor que arrastrarse y las medias no estaban mal después de todo. Pero cuando se oyó decir, en español, "Más medias, por favor", se entristeció porque se acordó de las montañas azules que nunca vería.

Con el tiempo se olvidó de México, pero en medio de una noche clara, Óscar aterrizó en la flor aquella de la ventana, que era su favorita. No había vuelto desde que se convirtió en una polilla y, de pronto, un pedacito de papel le llamó la atención. Había algo escrito en él. Esto era lo que decía:

Querido Óscar:
Cuando una polilla piensa como una mariposa, pueden ocurrir cosas maravillosas.
¡Escríbeme desde México!
Besos,
Edna

Óscar sintió que la luna, ese gran foco en el cielo, decía su nombre. Sí, él era una polilla. ¡Pero qué polilla!

—Adiós, amigos —dijo Óscar—. Tengo que escribir una postal.

Y salió volando hacia lo alto, hacia la luna y el gran cielo nocturno.

—¿Adónde vas? —se apuró a decir Squirmy.

—¡No llegarás lejos! —gritó Wiggly.

—¿Qué quiere decir "amigos"? —preguntó Nibbles—. ¿Se pueden comer?

Las otras polillas se dijeron que bastaba con que el foco siguiera encendido para que él volviera.

—Después de todo —dijeron—, es una polilla. ESO ES LO QUE HACEMOS.

Pero Óscar no volvió. Aunque el foco permaneció encendido,
nunca volvió.

Eso sí…

En México hay montañas azules. En lo alto de estas montañas,
hay un prado verde repleto de mariposas.

En medio de este prado, hay una flor. Verás que en esta flor hay una polilla que le escribe una postal a una amiga. Si le preguntas a esta polilla cómo se llama, es muy probable que te diga:

Guía de Edna para ser un chinche educado

¿Eres una mariposa?

- ¿Vuelas de noche? Si lo haces, es muy posible que no seas una mariposa. Es posible que seas una polilla. La mayoría de las mariposas vuela de día, pero no todas, así que revisa tus alas.

- ¿Tienes alas grandes y de colores? Las alas de las polillas no son tan grandes ni tienen tantos colores, aunque hay excepciones, así que seguramente eres una polilla. Las mariposas piensan que es un desperdicio tener alas de colores en la oscuridad. A las polillas les da lo mismo.

- Las polillas son un poco más gordas que las mariposas. A las polillas también les da lo mismo.

- Si tienes unas lindas alas negras y anaranjadas y sabes cómo viajar a México desde cualquier lugar del mundo, eres una mariposa sin lugar a dudas. Y no cualquier mariposa. ¡Eres una mariposa monarca!

Más información...

- Hay otras mariposas y polillas que migran de un lugar a otro, pero la mariposa monarca es la única que vuela por toda Norteamérica para llegar a México en la época de Halloween.

- En México, el día de Halloween es el Día de los Muertos. Las mariposas monarca dicen que ese es el Gran Día de las Mariposas. Les parece que es un nombre más alegre.

- Claro que para ellas, todos los días son el Gran Día de las Mariposas. Si tú no piensas lo mismo, debe de ser que eres una polilla.

- Las polillas adultas no comen calcetines ni suéteres. Dejan de hacerlo tan pronto les salen las alas. Son las polillas bebés (o "larvas", como dicen las polillas cuando quieren aparentar) las que comen ropa. Las larvas de las polillas *tineid* suelen ser las culpables. *

* Las polillas de este libro, sin embargo, pertenecen a la especie *Mothus ficticius* y sí comen ropa. También se ponen sombreros y zapatos. ¡Y algunas hasta hablan español!